59372083182199 TRAN

WITHDRAWN

WORN, SOILED, OBSOLETE

Rolando Tamayo

Karaköes®

El regalo de Chak

Ecolecciones del agua

SELECTOR®
actualidad editorial

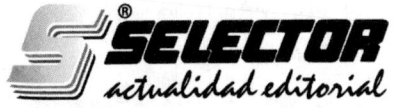

SELECTOR
actualidad editorial
Doctor Erazo 120 Colonia Doctores México 06720, D.F.
Tel. (52 55) 51 34 05 70 Fax. (52 55) 57 61 57 16

EL REGALO DE CHAK -ECOLECCIONES DEL AGUA-
Autor: Rolando Tamayo Rodríguez
Colección: Karakoes

Diseño de portada: Rolando Tamayo Rodríguez
Ilustración de interiores: Rolando Tamayo Rodríguez

D.R. © Selector, S.A. de C.V., 2007
  Doctor Erazo, 120, Col. Doctores
  C.P. 06720, México, D.F.

ISBN 10: 970-643-949-8
ISBN 13: 978-970-643-949-9

Primera edición: abril 2007

	Sistema de clasificación Melvil Dewey
868 M T11 2007	Tamayo Rodríguez, Rolando. *El regalo de Chak -ecolecciones del agua-* / Rolando Tamayo Rodríguez.-- Cd. de México, México: Selector, 2007. 64 p. ISBN 10: 970-643-949-8 ISBN 13: 978-970-643-949-9 1. Ecología. 2. Literatura infantil.

Características tipográficas aseguradas conforme a la ley.
Prohibida la reproducción parcial o total de la obra
sin autorización de los editores.
Impreso y encuadernado en México.
Printed and bound in México

Índice

Tu ruta de viaje

Introducción 7
¿Qué es el agua? 15
¿Dónde está el agua? 23
¿De dónde viene el agua? 28
¿Para qué nos sirve el agua? 39
¿Cómo llega el agua a las ciudades? 45
¿Por qué se contamina el agua? 48
¿Cómo cuidar el agua? 53
Glosario 61
Referencias 63

*Para Ricardo Uriel, Gerardo Andrés,
Rolando y Aracely, mi familia.
Para José Luis y Olivia, mis padres.
Para todos los que, como Manolín,
desean ser* karakoes.

Agradecimientos

A Jorge Miguel Cocom Pech, poeta y narrador en lengua maya, por su valiosa orientación en el uso correcto de vocablos mayas.
A Judith Ledesma Ávila y Óscar Leyva López, biólogos, por su asesoría y apoyo en la recopilación de contenidos.
A Juan Ramón Jasso Olvera, Juan Manuel Pérez Maldonado y José Vicente Arriaga Medina por su asistencia en la elaboración de ilustraciones de este libro.
A Gloria Gómez Millán y su amigo canino "Vicente", el mastín español que representó a *Manolín*.
A María Elena Vega Villalobos, historiadora, por brindarme el glifo maya del tema de este volumen.
A María del Carmen Leal Hermida, Martha Elia Baranda Torres y demás personal de la editorial, quienes aportan su esfuerzo y talento para lograr los objetivos de esta publicación.

Introducción

Bienvenido al mundo karakoe

Debido al ritmo de vida actual, los niños están expuestos a recibir gran parte de su formación a través de los medios de comunicación masiva.

La violencia y la falta de información real y de valores que los niños perciben en la mayoría de las caricaturas infantiles generan desinterés y falta de conciencia hacia el ambiente y los recursos naturales, lo cual ha propiciado graves problemas en nuestra sociedad y en nuestro entorno.

Por eso hemos creado a **karakoes**, un concepto que promueve la conservación de nuestro patrimonio natural y cultural. De esta manera pretendemos generar conciencia social en las nuevas generaciones, para que recuperen la capacidad de valorar la Naturaleza y el deseo de construir un mundo mejor.

Karakoes tiene como filosofía la **R**evaloración del **I**ndividuo y su **E**ntorno (**RIE**); es decir, lograr que a través de mensajes con contenido sencillo y divertido, pero sustancial, el lector adopte un nuevo estilo de pensar y empiece a ser parte activa del cambio. Los *karakoes* son los personajes que acompañarán al lector a través de diversas problemáticas actuales y le mostrarán cómo solucionarlas.

La **ecología** es el tema central de las ***Ecolecciones Karakoes***. Sus objetivos son:
- Motivar el aprendizaje mediante la diversión y el cuestionamiento constante.
- Ser un medio de consulta y apoyo para padres y maestros.
- Rescatar y fortalecer nuestra identidad.

Karakoes es un grupo de trece geniecillos (número sagrado para los mayas) que surgen de las pirámides de la selva maya para enseñarnos a respetar, preservar y disfrutar el medio ambiente. Su nombre proviene del maya chortí: *karar*, verde; *kohkon*, esperanza; *ehtz'*, estudio; que se convierte en *karakoes*.

A continuación, te presentamos a los *karakoes*:

Ain
(del maya peninsular *ain*, cocodrilo) es una linda cocodrila que siempre se alimenta sanamente y hace ejercicio. Es guardiana de la salud y nos recuerda que el bienestar de nuestro planeta es lo más importante.

Balam
(del maya peninsular *balam*, jaguar; guardián, protector) es un jaguar valiente, fuerte y veloz. Es guardián de la fauna y protege a todos los animales, especialmente a los que están en peligro de extinción.

Iboy
(del maya quiché *iboy*, armadillo) es un armadillo distraído y olvidadizo. Es guardián de las tradiciones y tiene que apuntar en su caparazón las fechas y costumbres importantes, para recordarlas y fortalecer nuestra identidad.

Kan

(del maya peninsular *kan*, serpiente; conversación) es una víbora de cascabel simpática, alegre y muy platicadora. Es el guardián de los suelos y nos invita a mantenerlos libres de basura, ¡para poder bailar a gusto!

Kin

(del maya peninsular *k'in*, sol; fiesta; reinar) es un águila arpía *cool*, galán y optimista, a quien le fascina el *rock* y disfruta la vida al máximo. Es guardián del ecoturismo y promueve la conservación de las bellezas naturales.

Kokay

(del maya peninsular *kokay*, luciérnaga) es una luciérnaga muy brillante e inteligente, amante del estudio y del aprendizaje. Es guardiana de la energía, como la electricidad, y nos enseña la importancia de su ahorro debido a lo costoso de su producción.

Koy

(del maya quiché *coy*, mico) es un mono araña juguetón, tímido e inquieto, a quien le fascina construir cosas. Es guardián de los sitios arqueológicos y le da mantenimiento a las pirámides para permitirnos conocer y valorar nuestro pasado.

Nikté

(del maya peninsular *nikte'*, flor de mayo; flor pequeña) es una orquídea sofisticada y coqueta a quien le gusta estar siempre a la moda. Como guardiana de la flora, cuida las plantas porque son fuente de oxígeno y para que luzcan bonitas.

Pek

(del maya peninsular *pek'*, perro en general) es un mastín español aventurero, curioso y muy amigable. Llegó desde el otro lado del océano y pronto se convirtió en un *karakoe*. Es guardián de la paz y nos invita a hacer amigos y a respetar a los demás.

T'ot
(del maya peninsular *t'ot'*, caracol) es un caracol muy creativo que siempre está inventando cosas ingeniosas. Es el guardián del reciclaje y le encanta transformar materiales usados, como vidrio y plástico.

Yax
(del maya peninsular *ya'x*, verde, azul turquesa. Se pronuncia Yash) es una rana serena, paciente y muy sabia. Como guardián del agua, conoce su importancia para la vida en nuestro planeta y nos enseña cómo cuidar el vital líquido.

Zotz
(del maya peninsular *sots'*, murciélago) es un murciélago zapotero, bohemio y coquetón, al que le fascina crear obras de arte. Es guardián del aire y nos enseña a mantenerlo limpio y libre de contaminantes, ¡para que su inspiración no tenga límites!

Notarás que sólo has conocido a doce *karakoes*... Querido lector: ¡tú eres el *karakoe* número trece!

Pega tu fotografía y anota tu nombre y un aspecto relacionado con el medio ambiente que te interese cuidar.

Espacio para tu foto	Nombre: _____ _____ Guardián de: _____ _____

Al practicar las *Ecolecciones Karakoes* tomarás conciencia de la importancia de conservar sano nuestro ambiente y podrás recordárselo, cuando sea necesario, a tus familiares, amigos y autoridades.

Recibe un afectuoso *eco-saludo*.

Tu amigo,
Rolando Tamayo Rodríguez

Glifo maya que representa a *Ja'*, el agua

¿Qué es el agua?
La serpiente de cristal

Hola, amigos. Soy Pek, un *karakoe* que antes no lo era. Yo me llamaba *Manolín* y era un perro mastín español. Vine con mis dueños desde un lejano lugar. Cuando llegamos a estas tierras, mis amos querían que mordiera a otros seres humanos que tenían la piel morena y que se adornaban con plumas de bonitos colores. A mí no me gustaba hacer eso, y los amos se enojaban mucho conmigo porque no les obedecía. Un día me llevaron a conocer la selva y desaparecieron de repente. Los busqué por todas partes sin poder hallarlos. Cuando me di cuenta, estaba perdido en un lugar que no conocía. Pero no tenía miedo. Me sentía libre y feliz de ver tantas cosas bellas.

Hacía mucho calor y, después de tanto caminar, estaba muy cansado y sediento.

Entonces, comencé a escuchar un sonido muy agradable y me dirigí hacia él. Tenía que separar grandes hojas para poder avanzar y con frecuencia me atoraba con las lianas. Cada vez lo oía más cerca, cuando de pronto... ¡una gran serpiente, como de cristal, se movía sin detenerse ante mi presencia! "¿De qué estará hecha?", pensé.

—Unos le llaman *Ja'*, otros le llaman **agua** —se oyó de repente, como si alguien escuchara mis pensamientos.

—¿Quié... quién anda por ahí? —ladré sorprendido. Sólo se oían alegres risotadas que surgían de entre los bejucos. Luego salieron varios seres de aspecto muy amigable.

—No temas, *Manolín*, somos los *karakoes* —contestaron.

—Somos los guardianes del medio ambiente —dijo uno de color rojo.

—Oímos tus pensamientos y sabemos que tienes mucha sed. Por eso llamamos a la serpiente de cristal —agregó otro, de color amarillo.

Así conocí a Balam, el jaguar, y a Kin, el águila arpía. Corría el año 1511, y desde entonces somos grandes amigos.

—La serpiente de cristal es un arroyo que desea calmar tu sed con sus transparentes aguas —dijo Nikté, la orquídea.

Pero el agua era de color verde... ¿estaría echada a perder?

—Tranquilo, *Manolín* —dijo Yax, la rana—. Aunque veas un arroyo o un río de color verde, toma esa agua entre tus patas y comprueba que no tiene color, olor ni sabor.

Después de comprobar que era incolora, inodora e insípida, bebí toda el agua que pude. Pero aún no sabía de qué estaba hecha...

Entonces Yax, la rana, nos pidió que nos metiéramos al arroyo.

Los *karakoes* se subieron sobre mi lomo y nos fuimos haciendo tan pequeños que éramos invisibles. Yo estaba maravillado de ver tantas pelotas girando a mi alrededor.

—Son **moléculas de agua** —dijo Yax—. Cada molécula está formada por dos átomos de hidrógeno y un átomo de oxígeno. Por eso la representamos con la fórmula H_2O, en la cual H es el símbolo del átomo de hidrógeno; y O, el del oxígeno.

Luego de conocer la molécula del agua, volvimos a la orilla del riachuelo, y a nuestro

tamaño normal. Yax continuó explicando:

—En la Naturaleza, el agua tiene tres estados diferentes: líquido, sólido y gaseoso. Es la temperatura lo que transforma el agua de un estado a otro: si sometemos el agua a una temperatura de cero grados centígrados (0° C), se convierte en hielo (estado sólido). Este proceso se llama **congelación**. Si exponemos el agua a una temperatura de cien grados centígrados (100º C), hierve y se transforma en vapor (estado gaseoso). Este proceso se llama **ebullición**.

—El agua en estado líquido no tiene una forma definida. Por eso toma la forma del recipiente que la contiene —dijo Nikté, al tiempo que mostraba un vaso lleno de agua.

—El vapor tampoco tiene forma definida. En cambio, al congelarse, el agua adquiere una forma determinada —aclaró Yax, mostrando un cubito de hielo.

—Además, en el agua se pueden disolver casi todas las sustancias —dijo Balam, enseñándome cómo disolvía tierra en agua sobre una piedra, dejándola cubierta de lodo.

—Por si fuera poco, el agua también es la mejor sustancia para limpiar todo tipo de objetos y superficies —dijo Kin, al momento

Molécula de agua: H_2O

Estado líquido (agua)

Estado sólido (hielo)

Estado gaseoso (vapor)

en que removía con agua el lodo de la piedra, dejándola limpia y brillante.

—Muchas gracias, amigos, por enseñarme qué es el agua. Pero si en mi camino me da más sed, ¿dónde puedo encontrar otras serpientes de cristal?

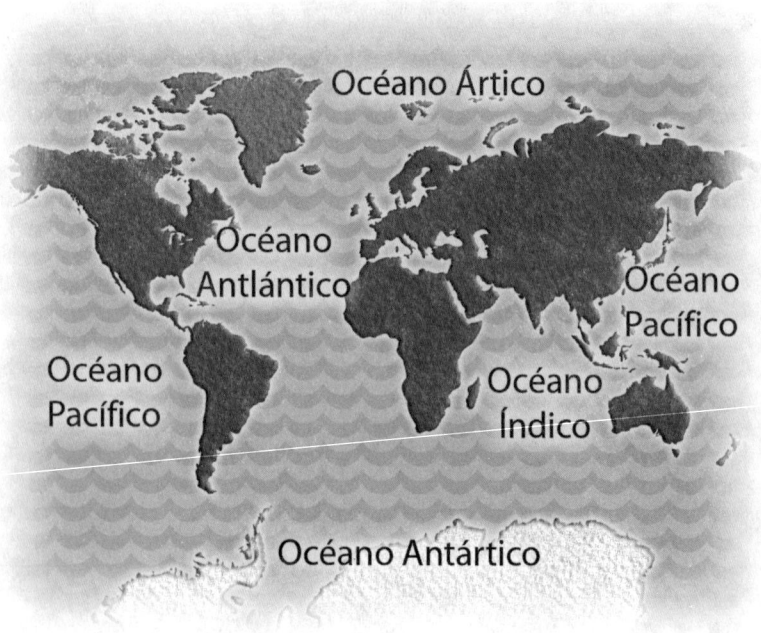

¿Dónde está el agua?

El llamado de Chak

—Para explicarnos dónde vive *Ja'*, el agua, no hay nadie mejor que Chak —dijo Yax, y comenzó a tocar una dulce melodía con su flauta de carrizo.

Al momento, de entre las aguas del arroyo, emergió un ser fabuloso. ¡Era Chak, el espíritu del agua!

—Me encantan las melodías que tocas para llamarme, porque me llenan de burbujas la cabeza —dijo Chak.

—Deseamos presentarte a *Manolín*, un perro muy amistoso —dijo Yax.

—*Manolín* quiere viajar por el mundo —agregó Kin—. Necesita saber dónde hay más agua, por si le da sed de tanto caminar.

—Con gusto le explicaré a *Manolín* todo lo que quiera saber sobre el agua —dijo Chak, y comenzó su lección—: *Ja'*, el agua, es la sustancia más abundante sobre nuestro planeta. Su cantidad se estima en 1,400 millones de kilómetros cúbicos, que cubren casi el 70% de la superficie de la Tierra. De esta agua, 97% es salada y se halla en mares y océanos. El tres por ciento restante es agua dulce, pero la mayor parte está congelada en las cumbres nevadas y en los polos Norte y Sur. Sólo uno por ciento es agua dulce líquida, como la serpiente de cristal, y una pequeñísima porción se encuentra en forma de vapor de agua, suspendida en la atmósfera.[1]

Sin embargo, yo no entendía muy bien eso de los porcentajes.

—Si vaciáramos en 100 vasos toda el agua de la Tierra, 97 serían de agua salada; dos, de hielo; y sólo un vaso de agua dulce líquida, que es la que necesitamos para beber —explicó Yax.

—¿Las aguas saladas tienen sal y las dulces, azúcar? —pregunté.

—Muy bien, *Manolín*. Acertaste en tu primera deducción —afirmó Chak—. Se les llama **aguas saladas** porque tienen muchas sales minerales, como el cloruro de sodio que es la sal común. Recuerda que las aguas saladas están en los mares y los océanos, y no son para beber —continuó Chak.

—¿Y por qué se les llama **aguas dulces** a las otras? —insistí.

—Aunque no saben a dulce, se les llama así para indicar que son aguas potables, es decir, que se pueden beber. Son incoloras, inodoras e insípidas. Dejan una sensación fresca y agradable, y tienen pocas sales minerales —añadió Chak—. El agua es **potable** cuando está libre de gérmenes y de sustancias químicas dañinas. Las aguas dulces están en ríos, lagos, lagunas, arroyos y manantiales. Pero también existen algunos ríos y lagos cuyas aguas son saladas. Esto se debe a la acumulación de sales disueltas en ellas, provenientes de los minerales que hay en los suelos.

—Chak, tú nos has enseñado que hay aguas dulces y saladas. También dónde se encuentran, pero ahora *Manolín* tiene otra duda —dijo Kin.

—Sí, Chak —corroboré—. Me gustaría saber de dónde vienes, ¿cuál es el origen del agua?

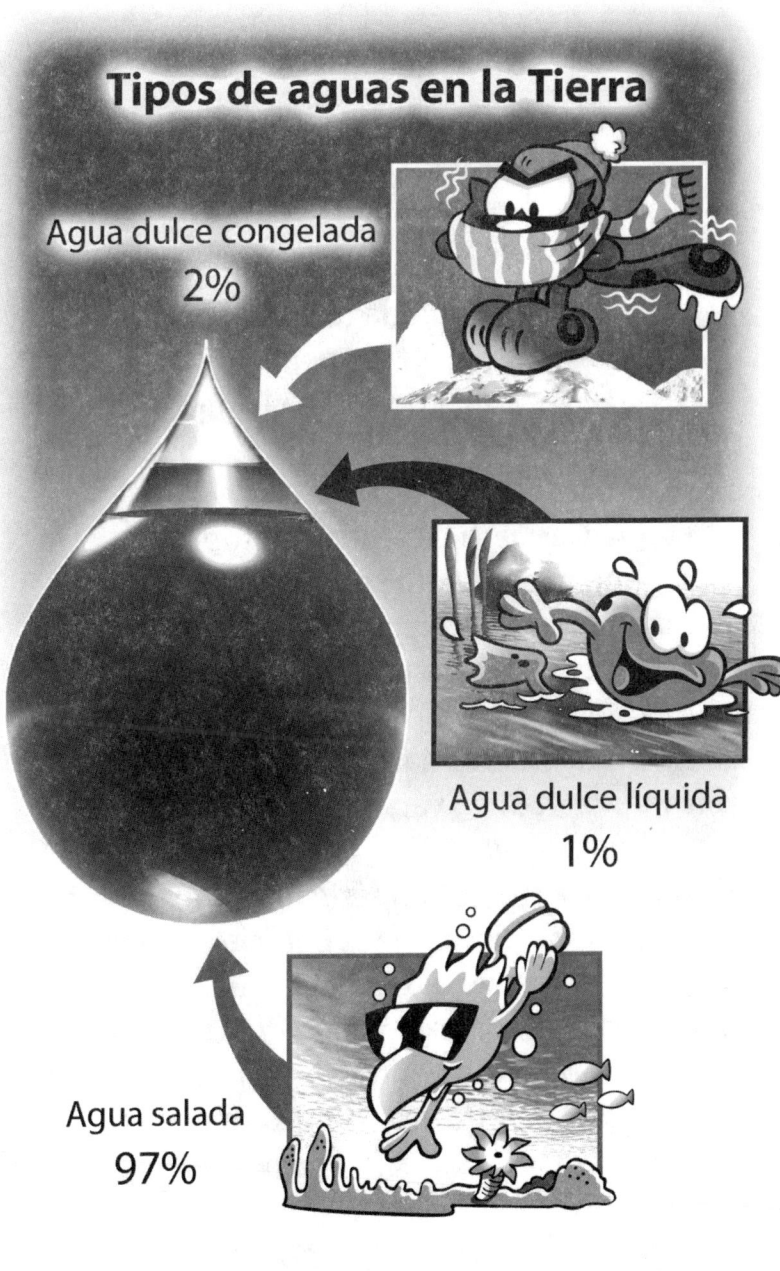

¿De dónde viene el agua?

La transformación

—Me agrada tu curiosidad, *Manolín*, porque te permitirá aprender mucho sobre el agua —dijo Chak, y entonces comenzó a contarnos acerca de su origen:

—*Ja'*, el agua, fue creada cuando el hidrógeno, el elemento más antiguo y abundante del Universo, se unió al oxígeno de las estrellas. Vine a la Tierra hace muchos millones de años, cuando estaba compuesta de gases y magma. Los gases expulsados por los volcanes contenían vapor de agua, el cual se depositó en la atmósfera. Al enfriarse la Tierra, el vapor de agua se condensó y formó nubes; después se precipitó a la superficie en forma de lluvia. Así comenzó el ciclo del agua. La lluvia formó los mares y océanos, en donde después surgió la vida. Desde entonces, el agua ha circulado una y otra vez en nuestro planeta. El **ciclo del agua** la purifica constantemente.

Formación del agua en la Tierra

Nubes

Magma

—¿Qué es el ciclo del agua? —pregunté.

—¡Qué bueno que lo preguntas, porque vamos a emprender un gran viaje! —exclamó Chak.

—¡Yupi! —gritaron Nikté, Yax, Kin y Balam, brincando de gusto.

Entonces, Chak comenzó a evaporarse y se transformó en una gran nube. Nos subimos en él y comenzamos a volar por los cielos.

—Queridos amigos, pongan mucha atención porque vamos a conocer el ciclo del agua, o ciclo hidrológico, como también le podemos llamar —dijo Chak.

- El calor del sol hace que el agua se evapore y forme parte de la atmósfera. Cuando el vapor de agua entra en contacto con las capas frías de aire, se condensa en pequeñas gotitas y forma nubes que son impulsadas por el viento a distintas partes de la atmósfera.

- A cierta altura, la temperatura de la atmósfera desciende y las gotas que forman las nubes llegan a ser tan grandes que caen por su peso hacia la superficie terrestre en forma de lluvia, granizo o nieve.

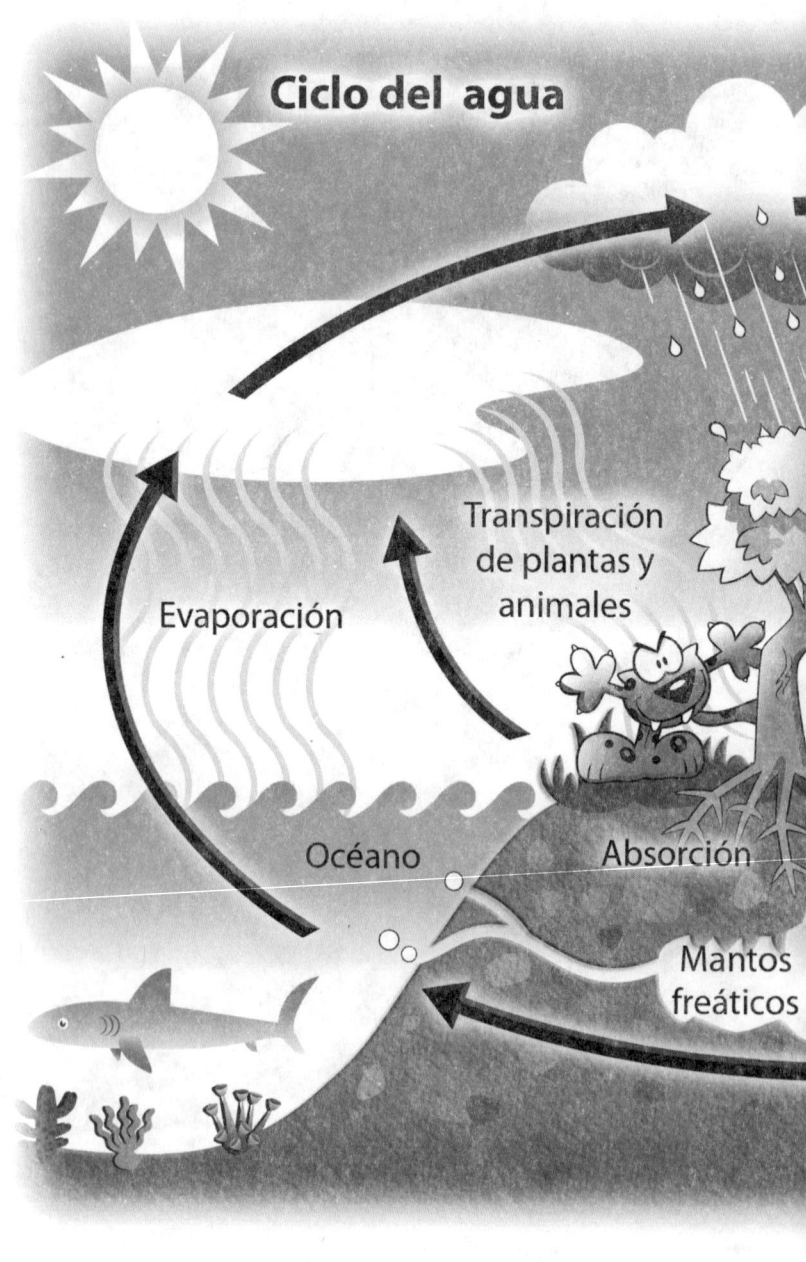

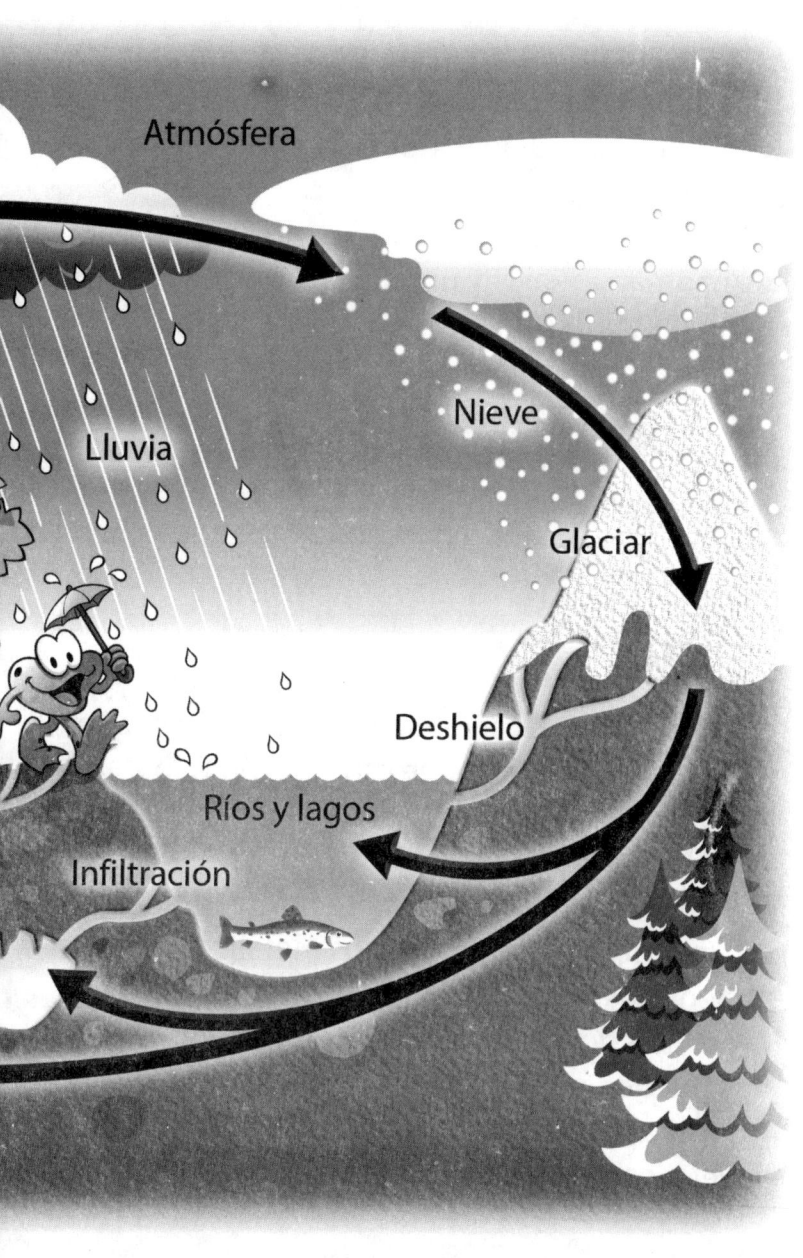

- Una parte de esa agua la toman los animales y las plantas, y la devuelven a la atmósfera en forma de sudor o de vapor de agua.

- Otra parte de esa agua se filtra en el suelo para formar manantiales y mantos freáticos. Éstas son las aguas subterráneas.

- La mayor parte del agua proveniente de manantiales y del escurrimiento superficial de la lluvia forma arroyos. La confluencia de varios arroyos crea los ríos, que desembocan en lagos y mares. Éstas son las aguas superficiales.

- El agua de plantas, manantiales, ríos, lagos y mares se evaporará de nuevo, y de la atmósfera volverá a la superficie terrestre en forma de lluvia, granizo o nieve, en un ciclo sin fin.[2]

—Cuando llueva, nunca se refugien debajo de un árbol ni sujeten objetos metálicos, porque atraen a los rayos —nos recomendó Chak—. Los **rayos** son descargas eléctricas muy fuertes que nos pueden dañar.

Ahí estábamos, viendo cómo dejaba de llover y comenzaba a brillar el Sol de la tarde,

cuando de repente descubrimos en el cielo un gran arco de bonitos y brillantes colores.

—Eso que ven a lo lejos es el **arco iris** —dijo Chak—. La luz del sol, aunque nos parezca blanca, está compuesta por siete colores: rojo, anaranjado, amarillo, verde, azul, índigo y violeta. Cuando la luz blanca del sol pasa a través de las nubes y de las pequeñas gotas de agua que flotan en el aire después de la lluvia, se descompone en las siete franjas de luz coloreada que forman el bello arco iris.

"Recuerden que, para poder ver el arco iris, debemos colocarnos de espaldas al Sol y mirar hacia las nubes de lluvia".[3]

Estaba feliz pues había entendido por qué se le llama "ciclo del agua". El agua se transforma para ir de la superficie de la Tierra a la atmósfera, y de nuevo regresa a la superficie en un viaje que nunca termina.

Pero también estaba triste porque mi viaje había terminado, y quizá nunca volvería a ver a Chak y a los *karakoes*. Comencé a llorar y empezó a llover de nuevo.

—No estés triste, *Manolín*. ¡Tu viaje apenas inicia! —me dijo Nikté, para invitarme a acompañarlos en sus *eco-aventuras*.

—Eres valiente y te has ganado tu libertad —dijo Balam.

—Te gusta conocer la razón de las cosas —agregó Yax.

—Y luchas por un mundo mejor, ¡como un *karakoe*! —dijo Kin.

—Estoy de acuerdo —dijo Chak—. *Manolín* puede ser un *karakoe*.

—Me gustaría mucho ser un *karakoe*, pero también seguir siendo un perro —dije.

—Así será, *Manolín* —exclamó Chak—. Eres transparente como el agua. ¡Y, como el agua, te transformarás!

Como por arte de magia, dejó de llover y el arco iris se posó sobre mí, transformándome en un *karakoe*.

Por eso ahora me llamo Pek, que significa "perro" en lengua maya peninsular.

¿Para qué nos sirve el agua?

Ja', *el regalo de Chak*

Ahora, en este siglo, recordemos que el agua es necesaria para todos los seres vivos porque forma gran parte de su cuerpo.

—Un pez tiene 80% de agua en su cuerpo; una mazorca de maíz, 70%; un tomate, 95%; y una sandía, 97% —dijo Kin.[4]

—El agua es la sustancia más abundante en el cuerpo humano —dijo Nikté, la orquídea—. El 80% del cuerpo de un bebé está formado por agua. Conforme va creciendo, el agua de su cuerpo disminuye hasta llegar a 60% en un hombre adulto y a 52% en una mujer adulta.[5] La mujer tiene menor cantidad de agua porque posee más tejido adiposo (grasa) y menos masa muscular que el hombre. El porcentaje de agua sigue reduciéndose con la edad; por eso es menor en personas de edad avanzada.[6]

—Estoy muy contento de que Pek haya aprendido tanto sobre el agua —dijo Chak.

—Todos nuestros procesos biológicos requieren agua —comenté.

—Las lágrimas humedecen nuestros ojos para lubricarlos y evitar que se irriten con las partículas que viajan en el aire, y la saliva moja nuestro alimento para que podamos ingerirlo.

—Pero también perdemos mucha agua —dijo Balam—. Al respirar, exhalamos vapor de agua por la nariz y la boca; al sudar eliminamos sustancias nocivas para nuestro cuerpo, y al orinar expulsamos gran cantidad de toxinas.

—Nuestro cuerpo pierde más de 2 litros de agua al día para realizar estas funciones. Por eso, para compensar esta pérdida debemos tomar mucha agua —aclaró Yax—. El ser humano puede sobrevivir algunas semanas sin alimento, pero sólo unos cuantos días sin agua.

—A ver, ¿quién responde esta pregunta? —dijo Chak—: ¿De qué maneras nuestro cuerpo nos avisa que necesita agua?

—Cuando tenemos sed y nuestra saliva está espesa —contestó Nikté.

—Cuando nuestra orina es de color amarillo intenso —dijo Kin.

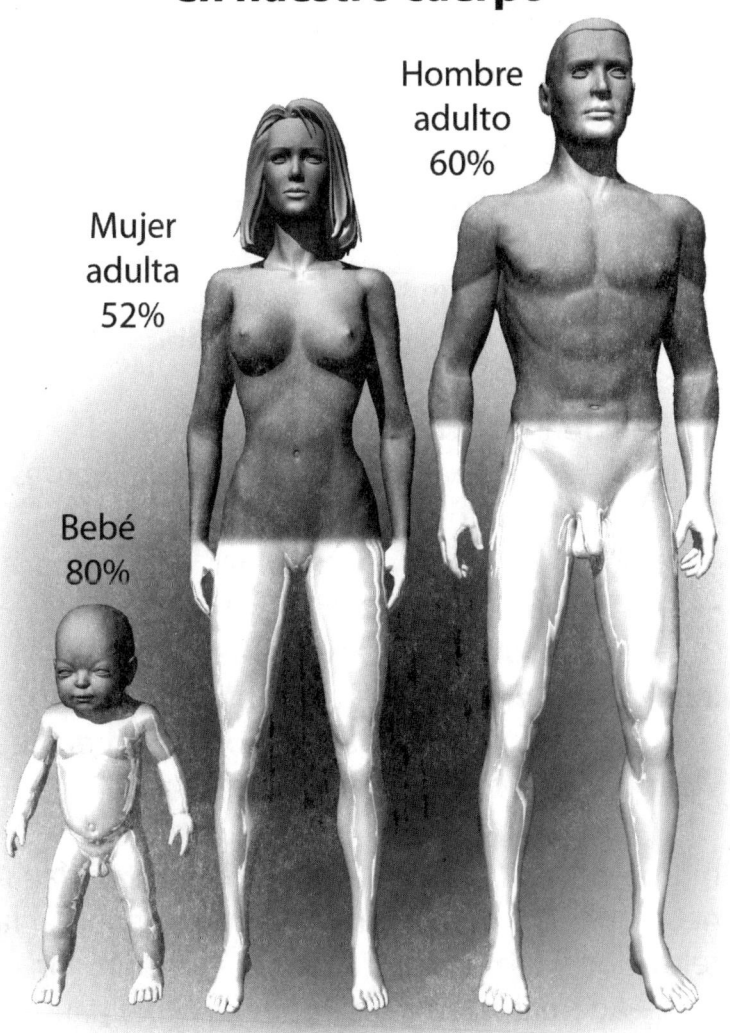

—También cuando padecemos estreñimiento —agregué.

—¿Qué podemos hacer para reponer esa agua? —preguntó entonces Chak.

—¡Tomar ocho vasos de agua al día! —se adelantó Balam.

—Comer frutas, verduras y hortalizas frescas, porque contienen gran cantidad de agua —agregó Nikté.[7]

—Veamos de qué otras maneras se utiliza el agua —propuso Chak, y fuimos volando sobre la ciudad y sus alrededores.

—Miren: el agua es indispensable en el hogar para preparar alimentos y realizar labores de limpieza —dijo Nikté.

—En el campo sirve para regar los cultivos —dijo Yax.

—En la industria, el agua se utiliza en infinidad de procesos para la fabricación de productos, como alimentos en conserva, bebidas y pinturas —concluyó Balam.

—El agua de los ríos se concentra en presas hidroeléctricas, donde se genera la electricidad necesaria para iluminar nuestra habitación, ver la televisión y usar la computadora —apuntó Kin.

—Además, el agua es imprescindible para

nuestro baño diario, para desarrollar algunas actividades deportivas y recreativas, y para apagar incendios —concluí.

—Qué bien —dijo Chak—. ¡Ahora ustedes me han enseñado muchas cosas a mí! ¡Ja, ja, ja!

—Oye, Chak, si los habitantes de las ciudades necesitan agua, ¿cómo les llega *Ja'*, el agua, a sus casas?

¿Cómo llega el agua a las ciudades?

Ja', el agua, pasa por mi casa...

Chak comenzó a explicarnos:
—Las grandes ciudades se abastecen principalmente de las aguas superficiales, como ríos y lagos. Pero también de las aguas subterráneas de los manantiales y de los pozos que se perforan donde no hay ríos ni lagos.

—Sin embargo, los seres humanos han contaminado tanto estas aguas, que deben recibir un tratamiento de purificación en una **planta potabilizadora** —añadió Yax.

—¿Por qué es necesario purificar el agua? —pregunté.

—Para eliminar los microorganismos y sustancias químicas que causan enfermedades —contestó Yax.

—Y para que no tenga color, olor ni sabor desagradables, de modo que la podamos beber —añadió Nikté.

—¿Cómo se distribuye el agua potable? —volví a preguntar.

—De la planta potabilizadora, el agua pasa a los **tanques de almacenamiento** —me explicó Chak—. Luego, se envía a una red de distribución, formada por tuberías que están debajo de la tierra y que llevan el agua hasta las casas, comercios o industrias.

"En los hogares, el agua se almacena en tinacos y cisternas para repartirla a todas las tomas de agua que hay dentro de la casa, como la cocina, el baño o el lugar de lavado.

"Una vez que se ha utilizado el agua, se vierten los desechos en las coladeras. De ahí, se conducen al **sistema de alcantarillado**, llamado también **drenaje sanitario**, que deposita las aguas residuales en los ríos de aguas negras. Algunas ciudades cuentan con plantas de tratamiento de aguas residuales, donde las aguas del drenaje sanitario se limpian lo mejor posible para ser devueltas a represas o plantas potabilizadoras".[8]

—En las ciudades casi no hay ríos y los pocos que quedan están muy sucios. Chak, quiero saber por qué ahí *Ja'*, el agua, ya no es transparente.

¿Por qué se contamina el agua?

La enfermedad de Ja'

—Los habitantes de las ciudades no han aprovechado los ríos sólo para obtener agua y alimento. También los han empleado para deshacerse de sus desperdicios, convirtiéndolos en ríos de aguas negras —dijo Chak.

—¿Aguas negras?, ¿qué es eso? —pregunté.

—Se les llama **aguas negras** porque están contaminadas con desechos orgánicos y sustancias químicas provenientes de los drenajes o de las industrias —explicó Kin.

—Los desechos orgánicos son restos de materia orgánica, como verdura, carne, papel o excremento —agregó Balam.

—Muchos microorganismos, como las bacterias, se alimentan de estos desechos, pero al descomponerlos consumen mucho oxígeno. Esto causa la falta de oxígeno en el

agua y la proliferación de microorganismos que transmiten enfermedades.

"Sustancias químicas como el aceite y el petróleo, y metales como el plomo y el mercurio contaminan los ríos, lagos y mares. Los fertilizantes y plaguicidas se filtran por los suelos y contaminan los mantos freáticos —dijo Nikté.

—Las sustancias químicas que desechan las industrias no pueden ser desintegradas por los microorganismos. Este tipo de contaminación mata a los animales, plantas y seres microscópicos que viven en el agua —dijo Balam.

—Tengan mucho cuidado con las aguas negras —dijo Yax—. Son fuente de enfermedades como el cólera, la disentería amibiana, la hepatitis infecciosa, la fiebre tifoidea y la salmonelosis.[9]

—¿Por qué se contraen estas enfermedades? —cuestioné.

—Por beber o bañarse con agua contaminada, por no lavarnos las manos antes de comer y después de ir al baño, y por comer alimentos contaminados —me aclaró Yax.

—¿Qué debemos hacer para no contagiarnos? —pregunté alarmado.

—Lavarnos bien las manos con agua limpia y jabón antes de cada comida. Beber sólo agua potable. Si no estamos seguros de que el agua es potable, debemos hervirla o agregarle unas gotas de cloro para desinfectarla. Lavar muy bien frutas y verduras con agua potable. Lavarnos los dientes con agua potable y mantener buenos hábitos de higiene —explicó Chak.

"El hombre ha contaminado mucho la Naturaleza con sus actos. Mis primos, los ríos y los mares, han enfermado gravemente y ya no pueden ser el hogar de muchos seres vivos. ¡Debemos impedir la contaminación del agua y de toda la Naturaleza!"

¿Cómo cuidar el agua?

Protegiendo a Ja'

—El agua es uno de los regalos más valiosos que nos ha dado la Naturaleza. ¡Tratémosla con mucho cariño! —dijo Chak.

—Recuerda que el agua dulce es la porción más pequeña del agua de nuestro planeta. Si la contaminamos, ¡no tendremos agua para beber! —exclamó Nikté, muy alarmada.

—El agua dulce la utilizamos todos los días. Una persona requiere diariamente de unos ochenta litros para satisfacer sus necesidades personales y del hogar —dijo Kin.

—¿Sabían que en Kenia mucha gente vive con sólo cinco litros diarios de agua? —nos hizo saber Yax.

—Sin embargo, en Estados Unidos una persona consume, en promedio, ¡mil litros de agua al día! Y gran parte de esa agua se usa para regar el césped y lavar los coches —dijo Balam, muy enojado.[10]

Querido amigo, promueve el uso adecuado del agua en tu casa y en la de tus familiares. Para esto, apréndete muy bien los trece sencillos consejos que Chak nos brinda:

1. Utiliza sólo el agua estrictamente necesaria. Cierra la llave mientras te enjabonas (al bañarte o lavarte las manos) o tallas la ropa y los trastes, para que no se desperdicie. Al lavarte los dientes, un vaso de agua es suficiente para enjuagarte la boca y limpiar tu cepillo.

2. No permitas que en tu casa se limpie el patio, el coche o la banqueta con el chorro de agua de la manguera.

3. Dile a tu mamá, o a la persona que haga la comida, que no tire el agua que utilizó para cocer vegetales. Con esta agua puede preparar sopas más nutritivas y con mejor sabor.

4. Revisa periódicamente las tuberías y las llaves del agua para evitar que haya fugas o goteras. Al caer sólo una gota de agua por segundo, se desperdician 30 litros de agua en un día.

5. Procura bañarte con regaderas ecológicas, porque vierten un chorro menor. Además, puedes detener o reactivar el flujo de agua sin tener que abrir nuevamente la llave y esperar a que se caliente. Así ahorrarás agua y el gas que utiliza el calentador.

6. Pon una cubeta bajo la regadera mientras sale el agua caliente. Con esta agua puedes regar tus plantas, trapear o vaciarla en el excusado.

7. Deposita una botella llena de arena, bien cerrada, en el tanque del excusado. Así, cada vez que bajes la palanca ahorrarás el volumen de agua que ocupa la botella.

8. Cuando llueva, coloca recipientes limpios para recoger el agua. Ésta sirve para regar las plantas, trapear y lavar la ropa.

9. Riega las plantas al atardecer o en la noche. Si riegas el jardín durante el día, el agua se evapora rápidamente y las plantas no pueden aprovecharla. Además, los rayos del sol con el agua queman las hojas de las plantas.

10. Promueve que en tu casa se utilicen detergentes biodegradables (sin fosfatos) y fertilizantes naturales, para no contaminar los mantos acuíferos.

11. No arrojes al desagüe materiales sólidos no degradables (plástico, vidrio y latas, entre otros), porque tapan los drenajes. Además, cuando llegan a los lagos y los ríos, los contaminan.

12. Nunca tires al desagüe sustancias químicas (pinturas, solventes, medicinas y demás), porque al llegar a los lagos y a los ríos contaminan y matan a los seres vivos que hay en ellos.

13. Reporta a las autoridades cualquier fuga de agua que veas en las calles, para que pronto sea reparada. Éste es nuestro deber como ciudadanos.

Gracias, Chak. Tus *ecolecciones* nos serán de mucha utilidad para recordarles a nuestros familiares, amigos y gobernantes la importancia de *Ja'*, el agua, en nuestro hermoso planeta.

¡Nos vemos en la próxima *eco-aventura*!

Glosario

Para aprender más...

Átomo: unidad básica de un elemento.
Chak: dios maya del agua y de la lluvia.
Condensación: cuando un vapor se transforma en líquido debido al frío.
Congelación: cuando un líquido se convierte en sólido debido al frío.
Ebullición: cuando hierve un líquido por la acción del calor.
Ecolecciones: lecciones ecológicas coleccionables de los *karakoes*.
Ecología: (del griego *oikos*, casa, y *logos*, tratado o estudio) ciencia que estudia las interrelaciones de los seres vivos con el medio ambiente y promueve la conservación de la Naturaleza.
Glaciar: capa gruesa de hielo formada en las partes más altas de las montañas.
Hidrógeno: elemento químico gaseoso que forma parte de la composición del agua.

Ja': agua, en lengua maya peninsular.

Magma: masa de roca fundida que está en el interior de la Tierra.

Manantial: depósito de agua que brota en la superficie terrestre.

Manto freático o acuífero: capa de agua subterránea formada por la filtración del agua de lluvia.

Microorganismos: organismos de tamaño microscópico.

Molécula: combinación química de dos o más átomos.

Orgánico: que proviene de los seres vivos. Sustancias cuyo componente constante es el carbono, presente en los tejidos vegetales y animales.

Oxígeno: elemento químico gaseoso existente en el aire, necesario para la respiración.

Potable: que se puede beber sin que haga daño porque está limpio, libre de microorganismos y sustancias químicas perjudiciales.

Precipitación: agua líquida o sólida que cae desde la atmósfera.

Presa hidroeléctrica: lago artificial en donde se aprovecha el movimiento del agua para producir electricidad.

Referencias

Más letra del mismo tema...

1 www.cespm.gob.mx/Cultura/El_agua/El_agua1.htm

2 Varios autores, *Para comprender el clima y el medio ambiente,* Publicaciones CITEM, México, 2002, pp. 90 y 91.

3 Burgos, Estrella, *La lluvia,* ADN Editores / CONACULTA, México, 1998, p. 25.

4 y **6** Márquez, Ernesto, *Aguas con el agua. Cultura del agua,* SOMEDICYT / SEMARNAP, México, 2000, pp. 27 y 21.

5 Walker, Richard, *Guía del cuerpo humano,* Publicaciones CITEM, México, 2001, p. 52.

7 www.netsalud.sa.cr/aya/club/chapt06.htm

8 *Juego y aprendo a cuidar el agua,* Servicios de agua y drenaje de Monterrey, México, s/f, pp. 6 y 7.

9 Gutiérrez, Carlos, *Si quieres experimentar... en casa puedes empezar/ con agua,* SELECTOR, México, 2004, pp. 37 y 38.

10 Porritt, Jonathon, *Salvemos la Tierra,* AGUILAR, México, 1991, p. 146.

El regalo de Chak -ecolecciones del agua-
Tipografía: *Rolando Tamayo*
Interiores: *Bond blanco de 75 g*
Portada: *Cartulina sulfatada de 12 pts.*
Encuadernación: *Rústica*
Tintas, barnices y pegamentos: *Liber Arts S.A. de C.V.*
Negativos de portada: *Promografic*
Negativos de interiores: *Daniel Bañuelos*
Impresión de portada: *Impreimagen*
Esta edición se imprimió en abril de 2007,
en *Impresos Editoriales, Agapando No. 91 C.P. 04890*